F***
1876 - Décembre . 11

CATALOGUE

DE

LIVRES CHOISIS

DE LA

BIBLIOTHÈQUE DE M. F***

DONT LA VENTE AURA LIEU

Le lundi 11 décembre 1876, à 7 h. et demie du soir

Rue des Bons-Enfants, 28 (maison Silvestre)

Salle n° 1

Par le ministère de Me MAURICE DELESTRE, commissaire-priseur
Successeur de Me DELBERGUE-CORMONT,
Rue Drouot, 23

Inghirami. Pitture dei vasi fittili. — Gailhabaud. Monuments anciens et modernes. — Les Promenades de Paris. — Affiches de théâtre du XVIIIe siècle. — Sainte-Beuve. — Paris dans sa splendeur. — L'ancienne Auvergne et le Velay. — Pièces sur le Berry. — Collection d'affiches de 1848 à 1854. — Annales archéologiques. — Moréri. — Encyclopédie, etc., etc.

PARIS
ADOLPHE LABITTE
LIBRAIRE DE LA BIBLIOTHÈQUE NATIONALE
4, rue de Lille, 4

1876

CONDITIONS DE LA VENTE.

La vente se fait au comptant.

Les acquéreurs payeront 5 0/0 en sus des enchères, applicables aux frais.

Les réclamations devront être faites dans les vingt-quatre heures de l'adjudication. Passé ce délai, ou une fois sortis de la salle de vente, les ouvrages adjugés ne seront repris pour aucune cause.

Il y aura, *le jour de la vente, de deux à quatre heures, exposition des livres composant la vacation du soir.*

Le libraire chargé de la vente remplira les commissions des personnes qui ne pourraient y assister.

Paris. — Typographie Georges Chamerot, rue des Saints-Pères, 19.

CATALOGUE

DE

LIVRES CHOISIS

DE LA

BIBLIOTHÈQUE DE M. F***.

THÉOLOGIE, SCIENCES, BEAUX-ARTS.

1. Novum Jesu Christi Testamentum vulgatæ editionis. *Paris, e Typographia regia,* 1649, 2 vol. pet. in-12, v. gr.

2. Strauss (Fr.). Vie de Jésus, ou Examen critique de son histoire, traduite de l'allemand par E. Littré. *Paris, Ladrange,* 1856, 2 vol. — Nouvelle Vie de Jésus, traduite de l'allemand par Nefftzer et Ch. Dollfus. *Paris, A. Lacroix, s. d.* ens. 4 vol. in-8, demi-rel. chagr. noir.

3. Jésus-Christ et sa doctrine. Histoire de la naissance de l'Eglise et de ses progrès pendant le premier siècle, par J. Salvador. *Paris, Mich. Lévy fr.,* 1865, 2 vol. in-8, demi-rel. v. fauve.

4. B. Gregorii Nysseni ad Eustathiam, Ambrosiam et Basilissam epistola. *Lutetiæ,* 1606. — C. Plinii Secundi de viris illustribus liber, et alia. *Lutetiæ,* 1544, 2 ouvr. en 1 vol. pet. in-8, bas. plats fleurdelisés, tr. dor.

5. Pensées du Père Bourdaloue, de la Compagnie de Jésus, sur divers sujets de religion et de morale. *Paris,* 1752-53, 3 vol. in-12, v. antiq. marbr.

6. Histoire de la Théologie chrétienne au siècle apostolique, par Edouard Reuss. *Strasbourg et Paris,* 1860, 2 vol. in-8, demi-rel. v. fauve.

EST.

7. Dictionnaire de théologie, par l'abbé Bergier. *Besançon, Paris,* 1840, 8 vol. in-8, demi-rel. v. viol.

8. La Vie du bienheureux François de Sales, évesque et prince de Genève, composée par le P. Nicolas Talon. *Paris*, 1641, in-fol. parch.

9. Registrum visitationum archiepiscopi Rothomagensis. — Journal des visites pastorales d'Eudes Rigaud, archevêque de Rouen, publié par Th. Bonnin. *Rouen, Le Brument*, 1852, in-4, cart.

10. Histoire générale des cérémonies, mœurs et coutumes religieuses de tous les peuples, figures de Bernard Picard avec des explications historiques, par l'abbé Banier. *Paris*, 1741, 7 vol. in-fol. v. antiq. fil.

11. Livre de prières bouddhiques, texte chinois, in-fol.

---

12. Exposition du système du monde, par M. le marquis de la Place. *Paris, Bachelier*, 1835, in-4, portrait, demi-rel. chagr. rouge.

13. Cosmos. Essai d'une description physique du monde, par Alexandre de Humboldt, traduit par H. Faye. *Paris, Gide et Baudry*, 1855-59, 4 vol. in-8, demi-rel. v. viol.

14. Leçons sur l'homme, sa place dans la création et dans l'histoire de la terre, par Carl Vogt, traduction française par J.-J. Moulinié. *Paris, C. Reinwald*, 1865, in-8, demi-rel. chagr. viol.

15. Anthropologie spéculative générale, par J. Tissot. *Paris, Ladrange*, 1843, 2 vol. — De l'Ame humaine (études de psychologie), par Ch. Waddington, 1862. —De l'Ame, par E. Cournault, 1855. — Ens. 4 vol. in-8, br.

16. Nouveau Traité élémentaire d'anatomie descriptive et de préparations anatomiques, par A. Jamain. *Paris, Germer-Baillière*, 1861, figures. — Éléments de physiologie de l'homme et des principaux vertébrés, par le docteur Béraud. *Paris, Germer-Baillière*, 1857, 2 vol. — Cours élémentaire de paléontologie et de géologie stratégraphique, par M. Alcide d'Orbigny. *Paris, Victor Masson*, 1852, 2 tomes en 3 vol. — Ens. 6 vol. in-12.

17. Manuel de physiologie, par J. Mueller, traduit de l'allemand par L. Jourdan. *Paris, J.-B. Baillière*, 1851, 2 vol. in-8, figure, demi-rel. chagr. viol.

18. Album paléontologique de la Sarthe, publié par M. Ed. Guéranger sur les fossiles de sa collection. 25 photographies réunies en 1 vol. in-4, cart.

19. Histoire de la philosophie, par le docteur Henri Ritter, traduite de l'allemand par C.-J. Tissot. *Paris, Ladrange,* 1835, 4 vol. in-8, demi-rel. v. vert.

20. Aristoteles, ex recensione Immanuelis Bekkeri. *Oxonii,* 1837, 11 vol. in-8, cart.

21. Los ocho libros de Republica del filososo Aristoteles, traduzidos originalmente de lengua griega en castellana, por Pedro Simon Abril, natural de Alcaraz. *En Caragoça,* 1584, in-4, parch.

22. Œuvres philosophiques de Locke, revues par M. Thurot. *Paris, Firmin-Didot,* 1821-1825, 7 vol. in-8, demi-rel. v. antiq.

23. Œuvres philosophiques de M. D. Hume, traduites de l'anglais. *Londres,* 1788, 7 vol. in-8, v. écail. dent. tr. dor.

24. Œuvres complètes de Thomas Reid, publiées par M. Th. Jouffroy. *Paris, Victor Masson,* 1836, 6 vol. in-8, demi-rel. v. fauve.

25. Histoire de la philosophie allemande depuis Kant jusqu'à Hegel, par J. Willm. *Paris, Ladrange,* 1846, 4 vol. in-8, demi-rel. chagr. viol.

26. Kant, Emm. Critique de la Raison pure, traduite de l'allemand par M. J. Tissot, 2 vol. — Critique du Jugement, suivie des observations sur le sentiment du beau et du sublime, traduite de l'allemand par J. Barni. 2 vol. — Critique de la Raison pratique, traduite de l'allemand par J. Barni. *Paris, Ladrange,* 1845-1848, 5 vol. in-8, demi-rel. v. fauve.

27. Victor Cousin. Leçons sur la philosophie de Kant. — Introduction à l'histoire de la philosophie. — Histoire générale de la philosophie. — Philosophie de Locke. — Du Vrai, du Beau et du Bien.— Fragments de philosophie du moyen âge, ancienne, moderne et contemporaine. *Paris, Didier,* 1844-1861. — Ens. 9 vol. in-8 et in-12, br.

28. Le Cartésianisme, ou la Véritable Rénovation des sciences, par Bordas-Demoulin. *Paris, J. Hetzel,* 1843, 2 vol. in-8, demi-rel. maroq. ronge.

29. Essai sur les fondements de nos connaissances et sur les caractères de la critique philosophique, par A. Cournot. *Paris, L. Hachette,* 1851, 2 vol. in-8, demi-rel. maroq. viol.

30. Traité de l'enchaînement des idées fondamentales dans les sciences et dans l'histoire, par M. Cournot. *Paris, L. Hachette,* 1861, 2 vol. in-8, demi-rel. chagr. rouge.

31. La Métaphysique et la Science, ou Principes de métaphysique positive, par Étienne Vacherot. *Paris, F. Chamerot*, 1858, 2 vol. in-8, demi-rel. chagr. vert.

32. La Religion naturelle, par J. Simon, 1856. — Essais de critique religieuse, par Albert Réville, 1860. — Mélanges de critique religieuse, par Ed. Scherer, 1860. — La Philosophie de Leibniz, par M. Nourrisson, 1860. — Essai de philosophie religieuse, par Em. Saisset, 1859. Ens. 5 vol. in-8, br.

33. L'Idée de Dieu et ses nouveaux critiques, par E. Caro. *Paris, L. Hachette*, 1864. — Dieu dans l'histoire, par C.-C.-J. de Bunsen, traduction par A. Dietz. *Paris, Didier*, 1868. — Physiologie de la pensée, par M. Lélut. *Paris, Didier*, 1862, 2 vol. — Ens. 4 vol. in-8, br.

34. Edmond About. Le Progrès. *Paris, L. Hachette*, 1864, in-8, demi-rel. v. fauve. — Essais politiques et philosophiques, par lord Macaulay, traduits par M. Guillaume Guizot. *Paris. Michel Lévy fr.*, 1863, in-8, br. — La France nouvelle, par M. Prévost-Paradol. *Paris, Michel Lévy fr.*; 1868, in-8, br.

35. Système de logique déductive et inductive, par John Stuart Mill. *Paris, Ladrange*, 1866, 2 vol. in-8. — Logique de Hegel, traduite par A. Véra. *Paris, Ladrange*, 1859, 2 vol. — Introduction à la philosophie de Hegel, par A. Véra. — Philosophie de la nature de Hegel, 1863, t. I. — Ens. 6 vol. in-8, br.

36. Le Gouvernement représentatif, par J. Stuart Mill, 1862. — La Liberté (par le même). — L'Idéalisme anglais, étude sur Carlyle, par H. Taine. — Le Positivisme anglais, étude sur Stuart Mill, par H. Taine, 1861. — Ens. 4 vol. in-12, br.

37. De l'Esprit. *A Paris, chez Durand*, 1758, in-4, v. antiq.

38. Rœderer. Au Roi, 6 ff. in-folio. — Conseils d'une mère à ses filles, par W. M***, épouse de J. R***, 1789, in-12, de 96 pages.

Tiré à 30 exemplaires. Celui-ci contient la préface manuscrite.

39. Essai sur la philosophie orientale, leçons professées à la Faculté des lettres de Caen, par M. A. Charma, publiées par Joachim Ménant. *Paris, L. Hachette*, 1842, in-8, cart.

---

40. Dictionnaire des beaux-arts, par A.-L. Millin. *Paris, Barba*, 1838, 3 tomes en 6 vol. in-8, demi-rel. v. fauve.

Bel exemplaire.

41. Dictionnaire de l'Académie des beaux-arts. *Paris, Firmin-Didot fr.*, 1868, 2 vol. in-4, br., figures sur acier.

Tome I et tome II.

42. Histoire de l'art chez les anciens, par Winckelmann, traduite de l'allemand avec des notes historiques de différents auteurs. *A Paris,* an II, 3 vol. in-4, planches et figures gravées, demi-rel. maroq. vert avec coins, tête dor. n. rog.

43. Peintures antiques inédites, précédées de recherches sur l'emploi de la peinture dans la décoration chez les Grecs et chez les Romains, faisant suite aux Monuments inédits, par M. Raoul-Rochette, *Paris, Impr. royale*, 1836, in-4, planches en coul. demi-rel. maroq. vert avec coins, tête dor. n. rog.

44. Inghirami. Pitture di vasi fittili. 1835, 4 tomes en 2 vol. in-4, demi-rel. mar. r.

Figures noires et en couleurs.

45. Abrégé de la vie des plus fameux peintres (par Dezallier d'Argenville) avec leurs portraits gravés en taille-douce, les indications de leurs principaux ouvrages, etc. *Paris, de Bure l'aîné*, 1762, 4 vol. in-8, v. antiq. marbr.

46. Peintures de l'église de Saint-Savin, département de la Vienne, dessins par M. Gérard Séguin, lithographiés en couleurs par M. Engelmann, *Paris, Impr. royale*, 1844, texte et atlas in-folio dans un carton.

47. Recueil historique de la vie et des ouvrages des plus célèbres architectes (jusqu'à la fin du XIVe siècle, 1389) (par Félibien des Avaux). *Paris, Séb. Mabre-Cramoisy*, 1687, in-4, v. antiq.

48. Les dix Livres d'architecture de Vitruve, corrigés et traduits nouvellement en français, avec des notes et des figures, par M. Perrault. *A Paris, chez Jean-Baptiste Coignard*, 1684, in-fol. demi-rel. avec coins v. antiq.

49. Monuments anciens et modernes. Collection formant une histoire de l'architecture des différents peuples à toutes les époques, publiée par Jules Gailhabaud. *Paris, Firmin-Didot fr.*, 1853, 4 vol. in-4, planches gravées montées sur onglets, demi-rel. maroq. bleu.

50. L'Architecture byzantine en France. — Saint-Front de Périgueux et les églises à coupoles de l'Aquitaine, par M. Félix de Verneilh. *Paris, Vict. Didron*, 1851, in-4, planches, demi-rel. maroq. rouge avec coins fil.

51. Les Œuvres d'architecture d'Anthoine Le Pautre, architecte ordinaire du roy. *A Paris, chez Jombert*, 1652, in-fol.

front. portr. 56 planches, la plupart montées sur onglet, v. brun.

La vingt-unième planche manque et la trente-septième est déchirée.

52. Histoire de la cathédrale de Poitiers, par M. l'abbé Auber, édition ornée de 30 planches lithographiées. *Poitiers et Paris*, 1849, 2 vol. gr. in-8, br.

53. Monographie de l'église Notre-Dame de Noyon, texte par M. L. Vitet, plans, coupes, élévations et détails, par Daniel Ramée. *Paris, Imprimerie royale*, 1845, in-4, br. et atlas gr. in-fol.

54. Comptes de dépenses de la construction du château de Gaillon, publiés d'après les registres manuscrits des trésoriers du cardinal d'Amboise, par A. Deville. *Paris, Imprimerie nationale*, 1850, in-4, br. et atlas in-fol. cart.

55. Dissertation sur les bancs de l'église de la paroisse de Saint-Amand-en-Berry, par M. Louis-Joseph Bord de Grand-Fond, avocat en Parlement. *Bourges*, 1754, br. in-12, de 42 pages.

56. Les Promenades de Paris : Bois de Boulogne, bois de Vincennes, parcs, squares, boulevards, par A. Alphand, ouvrage orné de gravures sur acier, de chromolithographies et de gravures sur bois. *Paris, J. Rothschild*, 1870, ouvrage complet en livraisons, 2 vol. gr. in-fol. papier vélin.

57. Vita di Benvenuto Cellini, orefice e scultore Fiorentino, accompagna: con note da Giota Palamede Carpani. *Milano*, 8 vol. in-8, cart.

58. Iconographie chrétienne. — Histoire de Dieu, par M. Didron. *Paris, Impr. impériale*, 1843, in-4, figures dans le texte, demi-rel. maroq. viol. n. rog.

59. Manuel d'iconographie chrétienne grecque et latine, avec une introduction et des notes, par M. Didron. *Paris, Impr. royale*, 1845, gr. in-8, br.

60. Recueil de gravures, caricatures et autres estampes sur la banque de Law et sur les événements de l'année 1720 (texte hollandais), in-fol. v. antiq.

61. Suite de 12 gravures faites par Mme de Pompadour d'après les pierres gravées de M. Guay, et d'après les dessins de Vien et de Boucher. In-4, en ff.

62. 12 vignettes pour l'ingénieux chevalier don Quixote de la Manche, par Dévéria. *Paris, Th. Desoer*, 1821, in-4.

Vignettes sur chine, grand papier.

63. 50 Vignettes sur bois pour l'Histoire du roi de Bohême de Ch. Nodier, par Tony Johannot (épreuves d'artiste sur papier de Chine).

64. Finden's landscape Illustrations to Murray's edition of Works of lord Byron. *London*, 1832, 24 part. gr. in-8, br.
Figures sur acier.

65. Landscape Illustrations of the Waverley Novels, engraved by W. and Ed. Finden. *London*, 1830, 20 part. in-8, br. *gravures sur acier.*

66. Eaux-fortes, paysages (vues de Bretagne), par le baron de Wismes. *Paris, Chardon et A. Cadart*, 13 planches, gr. in-fol. sur chine.

67. Recueil de 100 estampes représentant différentes nations du Levant (avec texte explicatif), tirées sur les tableaux peints d'après nature, en 1707 et 1708, par les ordres de M. de Ferréol, ambassadeur du roi à la Porte. *Paris*, 1714, gr. in-fol. demi-rel. avec coins maroq. viol. tr. dor.

68. Costumes, caricatures, almanachs, dame française à Londres, gravures allemandes du XVIe siècle, représentant des objets de piété. — Voyage à l'oasis de Thèbes, 2me livr. de l'atlas. — Monographie du palais du commerce élevé à Lyon, livr. dépareillées. — Cartes géographiques, ens. environ 150 pièces noires et en couleurs.

69. Cartes à jouer. — Reproductions en couleurs, 17 planches. — Figures noires, 58 planches, le tout en 1 vol. in-4, demi-rel. maroq.

BELLES-LETTRES.

---

70. Stephanus. Thesaurus græcæ linguæ, 1572. — Glossaria duo, 1572. — 5 vol. in-fol. v.

71. Roberti Stephani Thesaurus linguæ latinæ. *Basileæ*, 1740, 4 vol. in-fol. vél.

72. Pollucis Onomasticon, gr. et lat. *Amsteledami*, 1706, 2 vol. in-fol. vél. de Holl.

73. Les douze Dames de rhetorique, publiées avec une introduction par L. Batissier, et ornées de gravures par

Schaal. *Moulins*, 1838, in-4, bas. noire, plas toile à comp. avec armoiries.

74. Oratores Attici ex recensione Immanuelis Bekkeri. *Oxonii*, 1823-1828, 10 vol. gr. in-8, v. fauve fil. (reliure anglaise).

---

75. Homeri Opera, græce, cum scholiis. 1541, in-fol. peau de truie (piqûres).

76. Homeri Ilias et Odyssea (texte grec). *Londini, G. Pickering*, 1821, 2 vol. in-24, cart. n. rog.

77. Iliade di Omero, traduzione del Cav. Vinc. Monti. *Firenze*, 1825, gr. in-8, demi-rel. n. rogn. — Amori Ovidiani, traduz. di Fed. Cavriani. *Crisopoli*, 1802, 2 t. en 1 vol. gr. in-8, demi-rel.

78. Héro et Léandre, poëme nouveau en trois chants, traduit du grec. *Paris, P. Didot l'aîné*, 1801, in-4, front. et huit estampes en couleur dessinées et gravées par P.-L. Debricourt, cart.

79. Publii Virgilii Maronis Bucolica, Georgica et Æneis. *Parisiis, Petrus Didot*, 1791, in-4, br. n. rog. dans un carton, gravures de Girodet et Gérard.

80. Catullus, Tibullus, Propertius. *Venetiis, in ædibus Aldi et Andreæ soceri mense Martio*, 1515, pet. in-8, v. rouge fil. (*Anc. reliure*).

81. Fabliaux ou Contes du XIIe et du XIIIe siècles, traduits ou extraits d'après divers manuscrits du temps (par Legrand d'Aussy). *Paris*, 1779, 4 vol. in-8, v. antiq. marbr.

82. La Mort de Garin le Loherain, poëme du XIIe siècle, publié par M. Edelestand du Méril. *Paris, Franck*, 1846, in-8, cart.

83. Satires et œuvres diverses de Boileau. *Paris, Rollin* 1777, in-12, maroq. r. tr. dor. (rel. angl.).

84. Fables, par Théophile Duchapt. *Paris et Bourges*, 1850, in-12, br.

85. Odes funambulesques (par Th. de Banville), avec un frontispice gravé à l'eau-forte par Bracquemond. *Alençon, Poulet-Malassis*, 1857, in-12, br.

Première édition.

86. Opere di Dante Alighieri. *Venezia*, 1757, 5 vol. in-4, fig. v.

87. Le Opere di Torquato Tasso. *Milano*, 1823, 5 vol. in-8, demi-rel. v. f.

88. La Gerusalemme liberata, di Torquato Tasso. *In Parigi (Cazin)*, 1785, 2 vol. in-16, portrait gravé, v. antiq. fil. tr. dor.

89. La Gerusalemme liberata, di Torquato Tasso. *In Parigi*, 1792, 2 vol. in-4, figures, vignettes et fleurons de Gravelot, v. rac. dent. tr. marbr.

90. Tesoro de los romanceros y cancioneros españoles, históricos caballerescos, moriscos y otros, recogidos y ordenados por don Eugenio de Ochoa. *Paris*, *Baudry*, 1838, in-8, cart.

91. Obras de don Luis de Gongora. *En Brusselas*, 1659, in-4, v. br.

92. La Musica, poema de Yriarte. *Madrid*, 1784, in-8, demi-rel. mar. n. rogn.

Belle édition, ornée de six planches.

---

93. Le Théâtre des Grecs, par le R. P. Brumoy, de la Compagnie de Jésus. *Amsterdam*, 1732, 6 vol. in-12, v. gran.

94. La Farce des Pâtes-Ouaintes, pièce satirique représentée par les écoliers de l'Université de Caen au carnaval de 1492, publiée d'après un manuscrit contemporain par T. Bonnin. *Evreux*, 1843, br. in-8, de 30 pages, papier vergé.

95. Répertoire du Théâtre-Français, ou Recueil des tragédies et comédies restées au théâtre depuis Rotrou, par M. Petitot. *Paris, Foucault*, 1817, 1818 (premier et second ordre), 25 vol. figures. Troisième ordre, 1819, 1820, 8 vol. figures. — Ens. 33 vol. in-8, bas.

96. Les Chefs-d'œuvre dramatiques de MM. Corneille, avec le Jugement des savants à la suite de chaque pièce. *A Oxford*, 1770, 3 vol. in 12, v. antiq.

97. Théâtre de Pierre Corneille avec des commentaires (par Voltaire). *Genève*, 1764, 12 vol. in-8, figures de Gravelot, v. gr.

98. Œuvres complètes de P. Corneille, suivies des Œuvres choisies de Th. Corneille, 4 vol. — Œuvres complètes de J. de la Fontaine, 2 vol. — Œuvres complètes de J. Racine, 2 vol. *Paris*, *Lefèvre*, 1838, ens. 8 vol. in-8, demi-rel. v. viol.

Éditions compactes.

99. Œuvres de Racine. *Paris*, 1760, 3 vol. in-4, bas. *Portrait par Daullé et gravures par Sève.*

100. Les Œuvres de M. Molière, *Amsterdam, Wetstein*, 1741, 4 vol. pet. in-12, v.

Figures de Punt.

101. Ponsard (F.) : Charlotte Corday, tragédie, 1850. — Horace et Lydie, comédie, 1850. — Emile Augier : le Fils de Giboyer, 1863. — Ens. 3 vol. in-8, br.

102. Affiches de théâtre de province du XVIIIe siècle, douze pièces.

Affiches de la Métromanie par Piron, 1765. — L'Esprit follet. — Les Grands Danseurs et Sauteurs des menus plaisirs du roi. — Le Magnifique de MM. Sedaine et Grétry. — Zaïre, etc.

103. Coleccion de piezas escogidas de Lope de Vega, Calderon, Tirso de Molina, Moreto, Roja, etc., formado por don Eugenio de Ochoa, 1840. — Tesoro de los romanceros y cancioneros espanõles, 1838. Ens. 2 vol. in-8, cartonnés, percal. v.

104. Chefs-d'œuvre du théâtre espagnol, traduction par M. Damas-Hinard. — Lope de Vega. — Calderon. *Paris, Ch. Gosselin*, 1842-44, ens. 5 vol. in-12, br.

105. Chefs-d'œuvre du théâtre russe. — Ozerof, Fonvizine, Krilof, Schakofskoi. *Paris, Ladvocat*, 1823, in-8, demi-rel. parch. vert.

---

106. Æsopi Phrygis Fabulæ. *S. l. apud Ioan. Tornæsium*, 1605, in-16, figures sur bois, parch.

107. Les Amours pastorales de Daphnis et Chloé (trad. de Longus par Amyot). 1745, in-4, maroq. r. large dentelle. (*Anc. rel.*)

Figures du régent, y compris celles des petits pieds. Bel exemplaire.

108. Le Treizième Livre d'Amadis de Gaule, trad. nouvellement d'espagnol en françois. *En Anvers*, 1573. — Le Quatorzième Livre d'Amadis de Gaule, mis en françois par Antoine Tyron. *En Anvers*, 1574, 2 part. en 1 vol. in-4, v.

Feuillets manuscrits dans le treizième volume.

109. Le Cabinet des Fées, ou collection choisie des contes des fées et autres contes merveilleux (par Meyer). *Amsterdam et Paris*, 1785-89, 41 vol. in-8, figures de Marillier, demi-rel. v. f. n. rog.

110. Histoire de Gil Blas de Santillane, par M. Le Sage. *Londres*, 1790, 4 vol. in-16, fig. v. ant.

111. Pharsamon, ou les Nouvelles Folies romanesques, par M. de Marivaux. *A la Haye, chez Pierre de Hondt*, 1738, 2 tomes en 1 vol. in-16, bas.

112. Rétif de la Bretonne. Les Contemporaines (tome XXVIe). 1788. In-12, demi-rel. n. rog. *figures.*—Les Jolies Femmes du commun (tome IIIe). 1782, in-12, demi-rel. n. rogné, figures.

113. Le Paysan perverti, par Rétif de la Bretonne. *Amsterdam*, 1776, 4 tomes en 2 vol. in-12, demi-rel. v. ant. (incomplet de gravures).

114. La Prévention nationale. *A la Haye, et se trouve à Paris*, 1784, 2 vol. in-12, demi-rel. v. f.

Dix figures.

115. Il Decameron di messer Boccacci. *Fireuze*, 1582, in-4, demi-rel. maroq.

116. Le Vicaire de Wakefield, par Goldsmith, traduit en français avec le texte anglais en regard par Ch. Nodier. *Paris, Bourgueleret*, 1838, in-8, gravures sur acier, demi-rel. maroq. viol.

117. Tom Jones. Histoire d'un enfant trouvé, traduction nouvelle par Defauconpret. *Paris, Furne*, 1837, 2 vol. in-8, gravures de Tony Johannot, demi-rel. v. viol.

118. Contes fantastiques de Hoffmann, traduction précédée de souvenirs intimes sur la vie de l'auteur, par P. Christian, illustrés par Gavarni. *Paris, Lavigne*, 1843, gr. in-8, demi-rel. maroq. viol.

---

119. M. Tullii Ciceronis Opera cum indicibus et variis lectionibus. *Oxonii*, 1783, 10 vol. in-4, demi-rel. avec coins en veau, tr. marbr. (*Rel. anglaise.*)

Complément : Josephi Oliveti Delectus commentariorum in M. T. Ciceronis opera, *Oxonii* 1821. — Formant le tome XIe de l'ouvrage et tiré seulement à 100 exemplaires.

120. Œuvres du seigneur de Brantôme. Nouvelle édition, considérablement augmentée et accompagnée de remarques historiques et critiques. *A la Haye*, 1741, 14 vol. in-16, front. gr. v. antiq.

121. Lettres et autres Œuvres de M. de Voiture. *Amsterdam, chez Pierre Mortier*, 1709, 2 vol. in-12, portrait de Voltaire et frontispice, v. gr.

122. Lesage. Œuvres choisies. *A Amsterdam, et se trouve à Paris*, 1783, 15 volumes in-8, *figures de Marillier*, v. antiq. marbré.

Bel exemplaire.

123. Collection complète des œuvres de J.-J. Rousseau. *A Genève*, 1782-89, 33 vol. in-12, portraits et figures, v. antiq. marbré.

124. Œuvres de madame la baronne de Stael-Holstein. *Paris, Lefèvre*, 1838, 3 vol. in-8, br.

125. Œuvres complètes de Condillac. *Paris*, 1822, 16 vol. in-8, demi-rel. v. fauve.

126. Œuvres complètes de Jacques-Henri-Bernardin de Saint-Pierre, mises en ordre et précédées de la vie de l'auteur par L. Aimé-Martin. *Paris, Méquignon-Marvis*, 1820, 18 vol. in-16, figures de Desenne, v. fauve, tr. marbr.

Exemplaire en PAPIER VÉLIN.

127. SAINTE-BEUVE (C.-A.). Causeries du lundi. *Paris, Garnier fr.*, 1852, 15 vol. — Nouveaux Lundis. *Paris, Michel Lévy fr.*, 1864-72, 13 vol. Ens. 28 vol. in-12, br.

128. TAINE (H.). Notes sur Paris. — Vie et Opinions de M. Graindorge, 1867. — Essai sur les fables de la Fontaine, 1854. — Essai sur Tite-Live, 1857. — Les Philosophes français du XIXe siècle, 1857. — Essais de critique et d'histoire, 1858. — Nouveaux Essais de critique et d'histoire, 1865. — Ens. 6 vol. in-8 et in-12, br.

129. Auguste Nicaise. Œuvres choisies, mémoires et correspondance de Bertin du Rocheret. *Châlons-sur-Marne et Paris*, 1865, gr. in-8, br.

130. Machiavel. Œuvres politiques et Œuvres littéraires, traduction Périès. — Histoire de Florence. *Paris, Charpentier*, 1851-55. Ens. 3 vol. in 12, br.

131. Collection d'auteurs italiens, publiée par Barbera, Baudry, Lemonnier, Molini, etc. 45 vol. in-12, demi-rel. vél.

132. Livres chinois et autres ouvrages ou brochures diverses. Ens. 10 vol. in-8 ou in-12, br.

HISTOIRE.

133\. Histoire générale des voyages (par Ant.-Fr. Prévost), enrichie de cartes géographiques et de figures. *Paris, Didot*, 1746-59, 60 vol. — Table de l'histoire des voyages, 4 vol. Ens. 64 vol. in-12, v. ant. marbr.

134\. Discours sur l'histoire universelle par J.-B. Bossuet, précédé d'une notice littéraire par M. Tissot. *Paris, Furne*, 1847, gr. in-8, gravures, maroq. vert, fil. tr. dor.

135\. De la Politique et du Commerce des peuples de l'antiquité, par A.-H.-L. Heeren, traduit de l'allemand par W. Suckau. *Paris, Firmin-Didot fr.*, 1830-44, 7 vol. in-8, demi-rel. v. fauve. (*Ottman-Duplanil.*)

Bel exemplaire.

136\. Herodoti Musæ, edidit Johannes Schweighæuser. *Argentorati et Parisiis*, 1816, 6 tomes en 12 vol. in-8, cart.

137\. Histoire des Juifs, écrite par Flavius Joseph, traduite par M. Arnauld d'Andilly. *Amsterdam*, 1703, 5 vol. in-12, v. gr.

138\. Histoire des Juifs et des peuples voisins, par M. Prideaux, traduite de l'anglais. *Paris*, 1742, 6 vol. in-12, figures, v. granit.

139\. Histoire de la décadence et de la chute de l'empire romain, traduite de l'anglais d'Edouard Gibbon par M. F. Guizot. *Paris, Lefevre*, 1819, 13 vol. in-8, demi-rel. v. viol.

140\. Heeren. Manuel historique du système politique des États de l'Europe et de leurs colonies depuis la découverte des deux Indes, traduit de l'allemand. — Manuel de l'histoire ancienne, traduit de l'allemand de A. Heeren par Al. Thurot, 1836. — Précis de l'histoire ancienne, par MM. Poirson et Cayx, 1828.—Ens. 3 vol. in-8, demi-rel. v.

141\. L'Europe au moyen âge, traduit de l'anglais de Henri Hallam par A. Borghers et P. Dudouit. *Paris, Ladrange*, 1837, 4 vol. in-8, demi-rel. maroq. viol.

142\. Histoire des origines du gouvernement représentatif en Europe, par M. Guizot. *Paris, Didier*, 1851, 2 vol. in-8, demi-rel. chagr. viol.

143. Patria. La France ancienne et moderne, morale et matérielle, ou Collection encyclopédique et statistique. *Paris, Dubochet*, 1847, 2 vol.—Un Million de Faits, aide-mémoire universel. *Paris, Dubochet*, 1846. Ens. 3 fort vol. in-12, cartonnés.

144. Bibliothèque de mémoires relatifs à l'histoire de France pendant le XVIIIe siècle, publiée avec notes et notices par M. Barrière, *Paris, Firmin-Didot fr.*, 1858, 32 vol. in-12, demi-rel. v. f.

145. Guizot. Histoire de la civilisation en France depuis la chute de l'empire romain, 4 vol. — Histoire générale de la civilisation en Europe. *Paris, Didier*, 1843, 5 vol. in-8, portrait gravé d'après Paul Delaroche, demi-rel. chagrin violet.

146. Priviléges accordés à la couronne de France par le saint-siége, publiés d'après les originaux conservés aux Archives de l'empire et à la Bibliothèque impériale. *Paris, Impr. impériale*, 1855, in-4, cart.

147. Chronique latine de Guillaume de Nangis, nouvelle édition, publiée par M. H. Géraud. *Paris, J. Renouard*, 1843, 2 vol. in-8, br.

148. Histoire des Français des divers États, par A. Monteil. *Paris, V. Lecou*, 1853, 5 vol. in-12, br.

149. Histoire du roy Louis le Grand par les médailles, emblèmes, devises, jetons, inscriptions, armoiries et autres monuments, publiés, recueillis et expliquez par le père Claude-François Menestrier, de la compagnie de Jésus. *A Paris, chez J.-B. Nolin*, 1689, in-fol. 61 planches maroq. viol., dos fleurdelisé, fil. tr. dor. (*Anc. rel.*)

Exemplaire aux armes du duc du Maine.

150. Médailles du règne de Louis XV. *S. l. n. d.*, in-fol., front. et 41 pl. v. brun.

151. Histoire-Musée de la république française, depuis l'Assemblée des notables jusqu'à l'empire, par Aug. Challamel. *Paris, G. Havard*, 1857, 2 vol. gr. in-8, gravures, demi-rel. maroq. rouge avec coins, fil. tête dor. n. rog.

152. The Campaign of Waterloo, illustrated with engravings and other principal scenes of action. *London*, 1816, in-fol. cartonné.

153. Histoire des deux restaurations, par Achille de Vaulabelle. *Paris, Perrotin*, 1847-54, 7 vol. in-8, demi-rel. chag. vert.

154. Mémoires pour servir à l'histoire de mon temps, par Fr. Guizot. *Paris, Mich. Lévy fr.*, 1858-67, 8 vol. in-8, demi-rel. chagr. viol.

155. Histoire de dix ans, 1830-40, par M. Louis Blanc. *Paris, Pagnerre*, 1843, 5 vol. in-8, demi-rel. maroq. viol.

156. Histoire de la révolution de 1848, par A. de Lamartine. *Paris, Perrotin*, 1849, 2 vol in-8, demi-rel. v. rose.

157. Haute Cour de justice séant à Bourges. Affaire de l'attentat du 15 mai 1848. 2 vol. in-4, br.

158. Haute Cour de justice séant à Versailles. Affaire du 13 juin 1849. 2 vol. in-4 et 1 br. in-8, br.

159. L'Algérie, par le baron Baude. *Paris, Arthus Bertrand*, 1841, 2 vol. in-8, demi-rel. v. f. — De la Domination turque dans l'ancienne régence d'Alger, par M. Walsin Esterhazy. *Paris, Ch. Gosselin*, 1840, in-8, demi-rel. chagrin rouge.

---

160. PARIS DANS SA SPLENDEUR, monuments, vues, scènes historiques, descriptions et histoire, dessins et lithographies. *Nantes, H. Charpentier*, 1861, 2 vol. de texte et 1 vol. contenant 100 planches; ens. 3 vol. in-fol. cart.

161. Paris et ses ruines en mai 1871, dessins, lithographies en couleurs, texte par Victor Fournel. *Nantes*, 1871, 10 livraisons in-fol. dans un carton (ouvrage complet).

162. Paris, Rome, Jérusalem, ou la Question religieuse au XIXe siècle, par J. Salvador. *Paris, Michel Lévy fr.*, 1860, 2 vol. in-8, br.

163. Recherche des antiquités et curiosités de la ville de Lyon, ancienne colonie des Romains et capitale de la Gaule celtique, par Jacob Spon. Nouvelle édition publiée par L. Renier et J.-B. Monfalcon. *Lyon, impr. de L. Perrin*, in-8, cart. figures.

164. Antiquités gallo-romaines du vieil Evreux, publiées par Théodore Bonnin. *Evreux*, 1845, atlas in-4, 50 planches en ff. dans un carton.

165. L'ANCIENNE AUVERGNE et le Velay, histoire, archéologie, mœurs, topographie, par Ad. Michel et une société d'artistes. *Moulins*, 1843, 3 vol. pour l'Auvergne et 1 vol. pour le Velay, plus 1 vol. contenant 150 planches; ens. 5 vol. in-fol. cart.

166. Relations du siége de Sancerre en 1573, par Jean de la Gessée et Jean de Lery, conformes aux éditions originales,

suivies de diverses pièces historiques relatives à la même ville. *Bourges*, 1842, in-8, demi-rel. parch.

167. Berry. Mélanges, recueil de 15 pièces en 1 vol. in-8, demi-rel. v.

Notice historique, administrative et commerciale sur le canal de Berry, avec cartes et profils. 1842. — Recherches historiques sur Saint-Amand-Montrond. — Relation véritable contenant les articles accordés à Mme la princesse et à M. le duc d'Anguien. — Notice sur la province du Berry. — Histoire du Berry abrégée dans l'éloge panégyrique de la ville de Bourges, par le P. Philippe Labbe. — Mémoire historique sur le Berry et particulièrement sur quelques châteaux du département du Cher, par M. P.-J. de Bengy-Puyrallée. — Note sur le château du Bois-sur-Amé. — Recherches sur quelques points historiques relatifs au siége de Bourges exécuté par César pendant l'hiver des années 52 à 53 avant notre ère. — Notice biographique sur le maréchal Mac Donald, duc de Tarente. — Notice historique sur l'hôtel l'Allemand à Bourges. — Notice biographique sur le Père Bourdaloue. — Chevaliers de l'ordre de Notre-Dame de la Table-Ronde de Bourges. — Notice sur Sigaud de Lafond.

168. Collections d'affiches, proclamations, placards, décrets de l'Assemblée nationale, journaux de 1848 à 1854, la plupart relatifs au Berry. Environ 400 pièces dans un carton.

République de 1848. — Élection du président. — Coup d'État du 2 décembre. Empire.

169. Notices historiques, archéologiques et philologiques sur Bourges et le département du Cher, par Pierquin de Gembloux. *Bourges*, 1840, in-8, parch.

170. Antiquités de la France. Monuments de Nismes, le texte historique et descriptif, par J.-G. Legrand. *Paris, de l'imprimerie de P. Didot l'aîné*, 1804, in-fol. de texte et in-fol. de planches, demi-rel. bas.

171. Dictionnaire topographique du département de la Dordogne, par M. le vicomte de Gourgues. *Paris, Impr. nationale*, 1873, in-4, br.

---

172. Histoire des républiques italiennes du moyen âge, par C.-L. Simonde de Sismondi. *Paris*, 1840, 10 vol. in-8, gravures sur acier, demi-rel. v. f. tr. marb.

173. Istorie fiorentine di Giovanni Villani. *Milano*, 1802, 8 vol. in-8, v. rac. dent.

174. Mémoires du cardinal Barthélemi Pacca, premier ministre de Pie VII, pour servir à l'histoire ecclésiastique du XIXe siècle. *A Lyon*, 1833, 2 vol. in-8, v. ant.

175. Historia de la dominacion de los Arabes en España, por el doctor don José Antonio Conde. *Madrid*, 1820, 3 tomes en 2 vol. in-8, bas.

176. Histoire d'Angleterre, par John Lingard, traduction de M. Léon de Wailly. *Paris*, *Charpentier*, 1856, 6 vol. — Histoire d'Angleterre de Macaulay, traduction de M. Em. Montégut. *Paris, Charpentier*, 1855, 2 vol. Ens. 8 vol. in-12 brochés.

177. Guizot. Histoire de la révolution d'Angleterre. *Paris, Didier*, 1856, 8 vol. in-8, demi-rel. chagr. viol.

Histoire de Charles Ier, 2 vol. — Histoire de la république d'Angleterre et de Cromwell, 2 vol. — Histoire du Protectorat de Richard Cromwell et du rétablissement des Stuarts, 2 vol. — Monk. Chute de la République et rétablissement de la monarchie. 1 vol. — Portraits politiques des hommes des différents partis, 1 vol.

178. Histoire de Washington et de la fondation de la république des États-Unis, par Cornélis de Witt. *Paris, Didier*, 1859, in-8.—Washington. Correspondance et écrits mis en ordre par M. Guizot. *Paris*, *Didier*, 1855, 4 vol. Ens. 5 vol. in-8, demi-rel. chagr. viol.

179. Histoire d'Allemagne, depuis les temps les plus reculés jusqu'à l'année 1838, par Kohlrausch, traduite de l'allemand par A Guinefelle. *Paris*, 1838, 2 vol. in-8, demi-rel. v. vert.

180. Recherches sur les monuments et l'histoire des Normands et de la maison de Souabe, publiées par les soins de M. le duc de Luynes. *Paris*, *Panckoucke*, 1844, gr. in-fol. 35 planches cart.

181. Historia de la conquista de Mexico, escribiola don Antonio de Solis. *Barcelona*, 1771, 2 vol. in-12, bas.

---

182. Annales archéologiques, dirigées par Didron aîné. *Paris*, 1844 (1re année) à 1864, 24 tomes formant vingt années sans interruption, les trois premiers vol. rel. en demi-maroq. viol. et les autres cart. ou br.

183. Musée des antiquités égyptiennes, ou Recueil des monuments égyptiens, architecture, statuaire, glyptique et peinture, accompagné d'un texte explicatif par Ch. Lenormant. *Paris*, *Leleux*, 1841, texte et 39 planches in-fol. en ff. dans un carton.

184. Recherches sur les arts et métiers, les usages de la vie civile et domestique des anciens peuples de l'Égypte, de la Nubie et de l'Ethiopie, par M. Frédéric Cailliaud. *Paris*, 1831, 66 planches en couleurs, demi-cart. vert. Est ajouté à cet exemplaire : Fréderic Cailliaud, de Nantes, voyageur, antiquaire, naturaliste, par le baron de Girardot. *Paris*, *Adolphe Labitte*, 1875, br. in-8 de 48 pages.

185. Monuments anciens du Mexique. Palenqué et autres ruines de l'ancienne civilisation du Mexique, collection de vues, bas-reliefs, morceaux d'architecture, coupes, vases, terres-cuites, cartes et plans, dessinés par M. de Valdeck, texte rédigé par M. Brasseur de Bourbourg. *Paris*, *Arthus Bertrand*, 1866, in-fol. en ff. papier vélin et 56 planches.

186. Dactylologie et Langage primitif, restitués d'après les monuments (publié par J. Barrois). *Paris, Firm. Didot fr.*, 1850, in-4. — Lecture littérale des hiéroglyphes et des cunéiformes, par l'auteur de la Dactylologie. *Paris*, *Firmin-Didot fr.*, 1850, in-4. Ens. 2 ouvrages en 1 vol. planches, demi-rel. v. violet.

---

187. Les Armes et Blasons des chevaliers de l'ordre du Sainct-Esprit, créé par Louis XIII, par Jacques Morris, escuyer. *Paris*, *s. d.*, in-fol. vélin. (*Armoiries gravées.*)

188. Le Grand Dictionnaire historique, par Moréri. *Paris*, 1759, 10 vol. in-fol. v. dos orné à la Padeloup.

Bel exemplaire.

189. Dictionnaire historique, ou Histoire abrégée des hommes qui se sont fait un nom par le génie, les talents, etc., par l'abbé F.-X. Feller. *A Liége*, 1797, 8 vol. gr. in-8 maroq. r. tr. dor.

Bel exemplaire en ancienne reliure.

190. Galerie des contemporains illustres, par un homme de rien (de Loménie). *Paris*, *A. René* (1840-47), 120 livraisons en 10 vol. in-18, avec portrait, cart.

191. Vita di Vittorio Alfieri da Asti, scritta da esso. *Londra*, 1807, 2 tomes en 1 vol. in-8, vélin.

192. Essai sur la littérature anglaise et Considérations sur la révolution, par M. de Chateaubriand. *Paris*, *Furne et Gosselin*, 1836, 2 vol. in-8, v. f. fil. tr. dor.

193. Histoire de la littérature anglaise, par H. Taine. *Paris*, *L. Hachette*, 1863, 3 vol. gr. in-8, br.

194. Mémoires sur la vie privée, politique et littéraire de Richard Brinsley Sheridan, par Thomas Moore, traduits de l'anglais par J.-T. Parisot. *Paris, Arthus Bertrand*, 1826, 2 vol. in-8, v. rac. dent.

195. Storia della letteratura italiana del cav. abate Girolamo Tiraboschi. *Firenze*, 1805-13, 9 tomes formant 20 vol. in-8, demi-rel. v. rose.

---

196. Essai bibliographique sur les éditions des Elzevirs les plus précieuses et les plus recherchées, précédé d'une notice sur ces imprimeurs célèbres. *Paris*, *Firmin-Didot*, 1822, in-8, demi-rel. bas.

---

197. ENCYCLOPÉDIE, ou Dictionnaire raisonné des sciences, des arts et des métiers. *Paris*, 1751, 17 vol. — Supplément, 4 vol. — Tables, 2 vol. — Planches, 12 vol. — Ens. 35 vol. in-fol. v. antiq. marbr.

198. Encyclopédie moderne. *Paris*, *Firm.-Didot fr.*, 1852, 3 vol. gr. in-8 (atlas) cart. percal. verte.

SUPPLÉMENT.

---

199. Jésus. Portrait historique, par le Dr Schenkel, traduit de l'allemand, 1865. — La Vie de Jésus de M. Renan devant les orthodoxes et devant la critique, par M. Albert Réville, 1864. — Jésus-Christ et les croyances messianiques de son temps, par T. Colani. *Strasbourg*, 1864. — De l'Influence du christianisme sur le droit civil des Romains, par M. Troplong, 1855. — Etudes historiques et critiques sur les origines du christianisme, par A. Stap, 1864. Ens. 5 vol. in-8 et in-12, br.

200. La Vie de N.-S. Jésus-Christ, par le docteur Sepp, traduite de l'allemand par M. Ch. Sainte-Foi. *Paris*, 1861, 3 vol. in-12, br.

201. Études critiques sur l'Évangile selon saint Matthieu, par A. Réville. *Leyde*, 1862. — Histoire du canon des Écritures dans l'Église chrétienne, par Edouard Reuss. *Strasbourg*, 1863. Ens. 2 vol. gr. in-8, br.

202. Sermons du père Bourdaloue, de la compagnie de Jésus. *Paris*, 1726, 18 vol. in-12, v. antiq.

203. Les Sermons de Massillon. *Paris*, 1758, 13 vol. in-12, v. antiq. marbr.

204. Botanique, par M. Adrien de Jussieu. — Minéralogie, Géologie, par F.-S. Beudant. — Notions générales de physi-

que et de météorologie, par Pouillet.—Premiers Éléments de chimie, par M. V. Regnault. — La Chaleur considérée comme un mode de mouvement, par l'abbé F.-M. Moigno. — Lettres sur la chimie. — Force et Matière, par L. Büchner.—Vie, Travaux et Doctrine d'Etienne-Geoffroy Saint-Hilaire. — Ens. 8 vol. in-12, br.

205. Bibliothèque de philosophie contemporaine. *Paris*, *Germer-Baillière*, 1864, 5 vol. in-12. — L'Année philosophique, par M. F. Pillon, 1867-68, 3 vol.—Etudes sur l'histoire naturelle, par Camille Debraille, 1 vol. — Ens. 8 vol. in-12, brochés.

206. Œuvres de Spinosa, traduites par Émile Saisset. *Paris, Charpentier*, 1861, 3 vol. in-12, demi-rel. chagr. viol.

207. Renouvier (Ch.). Manuel de philosophie ancienne, 2 vol. — Philosophie moderne. *Paris*, *Paulin*, 1844.—Ens. 3 vol. in-12, demi-rel.

208. Baudrillart. Manuel d'économie politique.—Proudhon. Manuel du spéculateur à la Bourse. — Idée générale de la révolution au XIXe siècle, par J. Proudhon. — Catéchisme positiviste, par Aug. Comte.—Conservation, Révolution et Positivisme, par E. Littré. — Exposition abrégée et populaire de la philosophie et de la religion positives, par Célestin de Blignière. — Le Sommeil et les Rêves, études psychologistes, par Alf. Maury.—Ens. 7 vol. in-12, br.

209. Mélanges de philosophie. — Essais de philosophie critique, par E. Vacherot. — Fragments de philosophie, par M. William Hamilton, traduits de l'anglais.— Essais de logique, par Ch. Waddington.—Auguste Comte et la philosophie positive, par E. Littré. — Ens. 5 vol. in-8, br. dont 1 en demi-rel.

210. A travers les Arts, Causeries et Mélanges, par Ch. Garnier. *Paris, L. Hachette*, 1869, in 12, br.

211. L'Architecture et la Construction pratiques mises à la portée des gens du monde, par Daniel Ramée. *Paris*, *Firm.-Didot*, 1870, in-8, br. figures int. dans le texte.

212. Études sur les beaux-arts, Essais d'archéologie et fragments littéraires, par L. Vitet. *Paris*, 1846, 2 vol. in-12, brochés.

213. About (Ed.). Lettres et Dernières Lettres d'un bon jeune homme à sa cousine Madeleine, 2 vol. — Théâtre impossible.—Causeries. *Paris*, 1861-65. Ens. 4 vol. in-12, br.

214. Théâtre complet des Latins, par J.-B. Levée. *Paris*, 1820-23, 15 vol. in-8, cart.

215. Monsieur, Madame et Bébé, par Gustave Droz. *Paris, Hetzel*, 1869, in-12, br. — Contes d'un promeneur, par Eug. de Margerie. *Paris*, 1863, in-12, br.

216. Laboulaye (Ed.). Paris en Amérique.—Le Parti libéral, son programme et son avenir. — L'État et ses limites. *Paris, Charpentier*, 1864-65. Ens. 3 vol. in-12, br.

217. Études orientales, par Adolphe Franck. *Paris, Michel Lévy fr.*, 1861, in-8, demi-rel. v. rose.

218. Le Livre des proverbes français, par Le Roux de Lincy. *Paris, chez Paulin*, 1842, 2 vol. in-12, br.

219. Revue critique d'histoire et de littérature, publiée sous la direction de MM. P. Meyer, Ch. Morel, G. Paris. *Paris, A. Franck*, années 1868, 1869 et 1er semestre 1870, in-8 en ff.

220. Dictionnaire géographique universel. *Paris*, 1823-33, 2 vol. in-8, demi-rel. v. f.

221. Univers pittoresque. Espagne, 2 vol. — Égypte, 2 vol. *Paris, Firm.-Didot*, 1858, ens. 4 vol. in-8, br.

222. Mémoires du duc de Lauzun (1747-83). *Paris, Poulet-Malassis*, 1858, in-12, br.

223. Lettres écrites d'Égypte et de Nubie en 1828-29, par Champollion le jeune. *Paris, Didier*, 1869, in-8, br.

224. Croyances et Légendes de l'antiquité par L.-F.-Alfred Maury. *Paris, Didier*, 1863, in-8, br.

225. Mélanges d'archéologie. La Cathédrale de Trèves, du IVe au XIXe siècle, par le baron Ferdinand de Roisin. — La Cathédrale de Cologne, étude archéologique, par Félix de Verneilh.—Du Style gothique au XIXe siècle, par E. Viollet-le-Duc. — L'Art et l'Archéologie au XIXe siècle. Achèvement de Saint-Ouen de Rouen. — Paganisme dans l'art chrétien, par Didron aîné. — Essai sur la véritable origine et sur les vicissitudes de la cathédrale de Coutances, par M. l'abbé Delamarre.—Ens. 6 ouvrages avec planches réunies en 1 vol. in-4, demi-rel. chagr. viol.

226. Œuvres de Bacon, traduction revue et précédée d'une introduction, par M. F. Riaux. *Paris, Charpentier*, 1852, 2 vol. in-16, demi-rel. chagr. viol.

227. Œuvres de Duclos, précédées d'une étude sur sa vie et ses œuvres, par le comte L. Clément de Ris, 1835.—Mémoires secrets de Bachaumont, revus et publiés par P. Lacroix, 1859.—Histoire de la révolution française, par Th. Carlyle, traduit de l'anglais, 1855, 2 vol.—La Démocratie, par E. Vacherot, 1860. — Ens. 5 vol. in-12, br.

228. Biblioteca Diamante. *Firenze, Barbera, Bianchi*, 1857-59, ens. 15 vol. petit in-16, br.

Ariosto. — Caro. — Buonarroti. — Alfieri. — Petrarca. — Tassoni. — Vasari. — Pellico. — Tasso. — Dante, etc.

229. Œuvres complètes de Voltaire. *Paris, Th. Desoer*, 1817-19, 25 vol. in-8, cart. n. rogn. (*Portrait gravé.*)

230. Victor Hugo. Œuvres diverses. *Paris*, *Charpentier*, 1841, 7 vol. in-12, demi-rel. chagr. vert.

Théâtre, 2 vol. — Cromwell. — Le Dernier Jour d'un condamné, précédé de Bug Jargal. — Han d'Islande. — Notre-Dame de Paris, 2 vol.

FIN.

Paris — Typographie de Georges Chamerot, rue des Saints-Pères, 19.

www.ingramcontent.com/pod-product-compliance
Ingram Content Group UK Ltd.
Pitfield, Milton Keynes, MK11 3LW, UK
UKHW021040260726
13994UKWH00005B/2265

9 782329 376370